大偵探福爾摩斯

六個拿破崙

SHERLOCK HOLMES

序

20多年前留學日本時，看過一套電視動畫片集，叫做《名探偵福爾摩斯》，劇中人物全都是狗。這個擬人化手法，把福爾摩斯查案的經過拍得活靈活現，瘋魔了不少日本小朋友，也讓我留下深刻印象。後來才知道，這套動畫片集的導演不是別人，原來就是後來拍了《天空之城》、《龍貓》和《崖上的波兒》的大導演宮崎駿！

創作這套《大偵探福爾摩斯》圖畫故事書時，與負責繪畫的余遠鍠老師談起這段往事，我們都覺得這個手法值得參考。但珠玉在前，怎樣才能編繪出不同的變化呢？經過一番討論後，我們決定再激進一點，索性把整個動物世界搬過來，把福爾摩斯變成一隻擬人化的狗、華生就變成貓，其他還有兔子、熊、豹和熊貓等等。

於是，在余遠鍠老師的妙筆之下，一個又一個造型豐富多彩的福爾摩斯偵探故事，就這樣展現在眼前了。希望大家也喜歡吧。

厲河

大偵探福爾摩斯

六個拿破崙

登場人物介紹

福爾摩斯

居於倫敦貝格街221號B。精於觀察分析，知識豐富，曾習拳術，又懂得拉小提琴，是倫敦最著名的私家偵探。

華生

曾是軍醫，為人善良又樂於助人，是福爾摩斯查案的最佳拍檔。

小兔子

扒手出身，少年偵探隊的隊長，最愛多管閒事，是福爾摩斯的好幫手。

李大猩＆狐格森

蘇格蘭場的孖寶警探，愛出風頭，但查案手法笨拙，常要福爾摩斯出手相助。

巴尼哥醫生

塑像失竊受害者之一。

雞爾德先生

塑像工場的老闆。

皮奧・凡紐奇

黑手黨殺手。

哈克先生

通訊社記者，兇案現場屋主。

赫德森先生

工藝品店店主。

憎恨拿破崙的人

PARANOID

這天倫敦的天氣很好，福爾摩斯和華生偷得浮生半日閒，一起來到離家不遠的一個露天茶座喝下午茶。

「唔，這裏的紅茶真不錯。」華生喝了一口茶說。

「對，比起房東太太泡的茶要好喝多了。」福爾摩斯點頭同意。

「在午後溫暖的陽光下喝茶，實在好寫意，要是每天都這樣就好了。」

「唉！這麼好的天氣，怎樣看也不會發生什

麼事件吧。要是每天都這樣，我的腦袋不但會**生鏽**，還會悶死我啊。不知道狐格森他們碰到什麼有趣的案件呢？」福爾摩斯說完，伸了個大懶腰。

「難道你很想有**罪案**發生嗎？你實在……」華生有點不滿，正想責難時，忽然看到前面有人走近。

「真不巧，又讓你**如願以償**了。」華生說。

「什麼如願以償？難道狐格森來了？」福爾摩斯不禁轉身向後望去。

「啊！啊！啊！真巧，在這裏碰到你們。」狐格森看到他們倆，就如獲至寶似的，連忙走過來。

悶得發慌的福爾摩斯看到了狐格森，也顯得

有點興奮：「啊！還以為是誰，原來是我們蘇格蘭場的狐格森探員，有什麼事找我們？來，請坐，邊喝茶邊說吧。」

狐格森也老實不客氣，他一屁股坐下，向侍應要了咖啡，然後就說：「其實也沒什麼大事情，只是遇到一宗奇怪的刑事毀壞案，想找華生醫生談一談。」

「什麼？找華生醫生談罪案？這倒有點意外呢。不必我幫忙嗎？」福爾摩斯大失所望。

「真對不起，今次的案件雖然離奇，但實在太過雞毛蒜皮了，而且，與其說是罪案，不如說是一種病態吧，所以要請教華生醫生。」狐格森說。

「病態？」華生好奇地問。

「對！我猜測犯人是個偏

執狂。因為他似乎非常憎恨**拿破崙**，專找他來出氣。」狐格森說得煞有介事。

「專找拿破崙**出氣**？難道他去挖拿破崙的墳了？」福爾摩斯開玩笑地說。

「不，他只是專破壞拿破崙的塑像，一看到就要動手**砸爛**它們。」狐格森做了一個把東西丟到地上的動作。

華生想了一想，說：「我也聽說過類似的病例。如有些人喜歡敲破人家的窗門；有些則喜歡放火**燒**人家後園的垃圾；有一個更可怕的瘋子，他專找馬車夫的馬下手，刺瞎牠們的雙眼。」

小知識

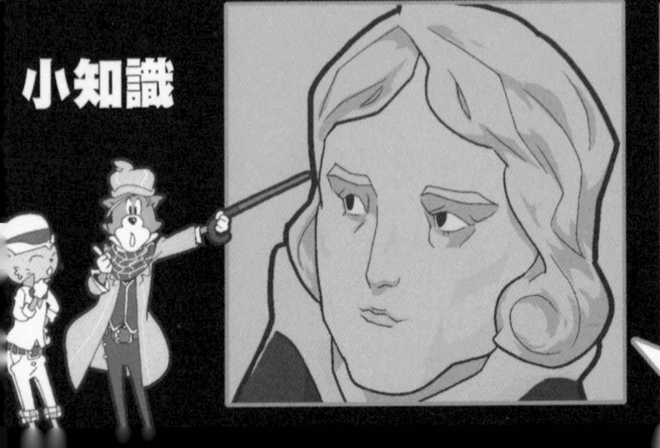

拿破崙（1769~1821），法國皇帝
曾是法國革命軍軍人，後任司令官
征海外建立功勳，並借勢奪取了
權，於1804年登上皇帝寶座。他在
己制定的「拿破崙法典」中，寫明
障個人的自由和財產，在法律下人
平等。他也大力發展國內產業，建
教育制度，並遠征近攻，征服了歐
大部分國家。不過，侵攻俄國卻以
敗告終，更被流放到厄爾巴島。後
雖然逃脫，但在滑鐵盧一役中戰敗
最後被放逐到聖赫勒拿島，並於182

太多偶然的案件

「這次專找拿破崙麻煩的人倒沒有這麼瘋狂。不過，他的憎恨也非比平常，為了向拿破崙泄憤，甚至在光天化日之下，闖入人家的店鋪，一手就砸爛拿破崙的塑像。更離譜的是，他還在夜裏悄悄地竄進兩間診所，把放在那裏的塑像也摔個粉碎。」狐格森說得繪影繪聲，彷彿他自己也在現場一樣。

「啊，這不是一般的刑事毀壞，還是入屋犯案呢。」福爾摩斯說。

「是啊。」狐格森喝了一口咖啡道，「第一宗案件發生在四天前，案發現場是肯寧頓路的莫爾斯．赫德森工藝品店。據老闆赫德

森先生憶述，事發於下午三點鐘左右，那時他剛好到店鋪後面去取東西，怎料就聽到「砰啪」一聲巨響，他連忙走到店前看個究竟，只見一個人蹲在砸碎了的塑像前，然後又馬上起身飛奔而逃。可惜那人背向赫德森先生，否則就能看到他

的相貌了。」

「那人也真**大膽**呢，趁店裏的人走開一會兒，就**明目張膽**地在店內把塑像砸爛。」華生說。

「店裏還有其他塑像嗎？」福爾摩斯問。

「有呀，有些塑像很名貴，但犯人都不感興趣，只拿那個**不值錢**的拿破崙來出氣。」狐格森說。

「那麼，在診所發生的那兩宗破壞又怎樣？」華生問道，他身為醫生，自然對在診所內發生的事情比較關心。

「診所那兩宗破壞就更神奇了。」狐格森提高了聲調說，「因為那兩間診所都是屬於**巴尼哥醫生**的。第一間是住宅連診所，也是在肯寧頓路上，跟第一宗破壞案的案發現場只有三百米之遙。巴尼哥醫生今天早上醒來，發覺放在客廳中的拿破崙像不見了。不過，卻發現塑像的**碎片**散落在

前院的草地上。」

「啊！犯人一定是偷了塑像，然後走到前院中把它砸爛。」華生分析。

「我也是這樣想的。」狐格森點頭認同，「不過，巴尼哥醫生到距離數公里外的另一間診所上班時，也發現放在診所客廳的拿破崙像被砸碎了，而且就在診所內砸碎，碎片全部散落在一塊毛巾上。看來，犯人是趁夜闌人靜時幹的好事。」

「診所在深夜沒有人嗎？」華生問。

「沒有，護士早已下班了。」狐格森說完，想了一想再補充，「兩間診所跟工藝品店一樣，都沒有其他東西被破壞或者失竊。所以我說犯人是個偏執狂，專挑拿破崙來出氣。」

「唔……我看一定是他的先人曾受過拿破崙的迫害，一看到拿破崙的塑像就非破壞不可。除了這個理由，實在想不出犯人的作案動機。」華生說。

「噢，對了，還有一個更奇怪的事情沒說。」狐格森再喝一口咖啡道，「診所那兩個塑像都是巴尼哥醫生從莫爾斯·赫德森工藝品店買來的。」

「啊？三個塑像都來自同一間店鋪？難道它

們的**款式**都是一樣的嗎？」一直聽着兩人對話的福爾摩斯突然眼前一亮。

「何止款式一樣，它們都是由同一個**鑄模**倒出來的，簡直就是一模一樣啦。」狐格森說。

「啊……這樣嗎？」福爾摩斯沉思一刻，再問道，「那麼，最近還有其他破壞拿破崙塑像的案件嗎？」

「沒有，整個倫敦就只有這三宗。」狐格森想也不用想就回答。

「唔……」福爾摩斯陷入沉思。

「那犯人怎會找出那三個塑像來破壞的呢？」華生問。

「這個嘛……」狐格森搔一搔頭，沒有信

犯人是偏執狂？

犯人是病人？

心地說，「可能……那犯人剛好看到那三個拿破崙塑像，所以就找它們來出氣了。」

「唔……也有這個可能性。」華生點頭贊同，「三個塑像都出自同一間店鋪，而且它們放置的地點也距離不遠，犯人在三個不同地點看到那些塑像的可能性也不低呢。」

狐格森看到華生也贊同自己的觀點，自信心大增，連忙補充：「對呀！一個放在工藝品店待售；其他兩個放在診所的大廳作裝飾，工藝品店的客人會看到塑像，而到診所看病的病人也能看到塑像啊。」

「這麼說來，可能是巴尼哥醫生的一位病人看病時，分別在兩間診所發現了塑

像，又偶然在工藝品店再看到同一款塑像。於是，就趁機把它們砸爛了。」華生分析道。

「**哈哈！**我想通了！犯人是巴尼哥醫生的病人！」狐格森興奮地站起來，「我現在就去找巴尼哥醫生，從他的**病人名單**中着手調查，相信很快水落石出！」

「對，從這個方向調查，就可以縮窄範圍，要找出犯人並不難呢。」華生附和。

「華生醫生，非常感謝你的意見。這次你幫了我的大忙。再見！」狐格森道謝後，就**匆匆忙忙**地走了。

華生瞥了福爾摩斯一眼，心想：「哈哈哈，這次我比你更快得出結論，終於可以勝出一次了。」

「**嘿嘿嘿……**」福爾摩斯好像看透了華生

心中所想，冷笑兩聲後吐出一句，「等着瞧吧。」

這幾聲「嘿嘿嘿」的冷笑刺痛了華生，他不滿地說：「我的推理有問題嗎？你有不同的看法就該說出來，只是坐在一旁冷笑，太沒有禮貌了。」

「呵呵呵，對不起。」福爾摩斯連忙笑着道歉，「我聽着你和狐格森你一言我一語，根本沒有機會插嘴啊。如果讓我分析的話，我會認為你們的推理是建基於四個偶然之上，得出的結論並不可靠。」

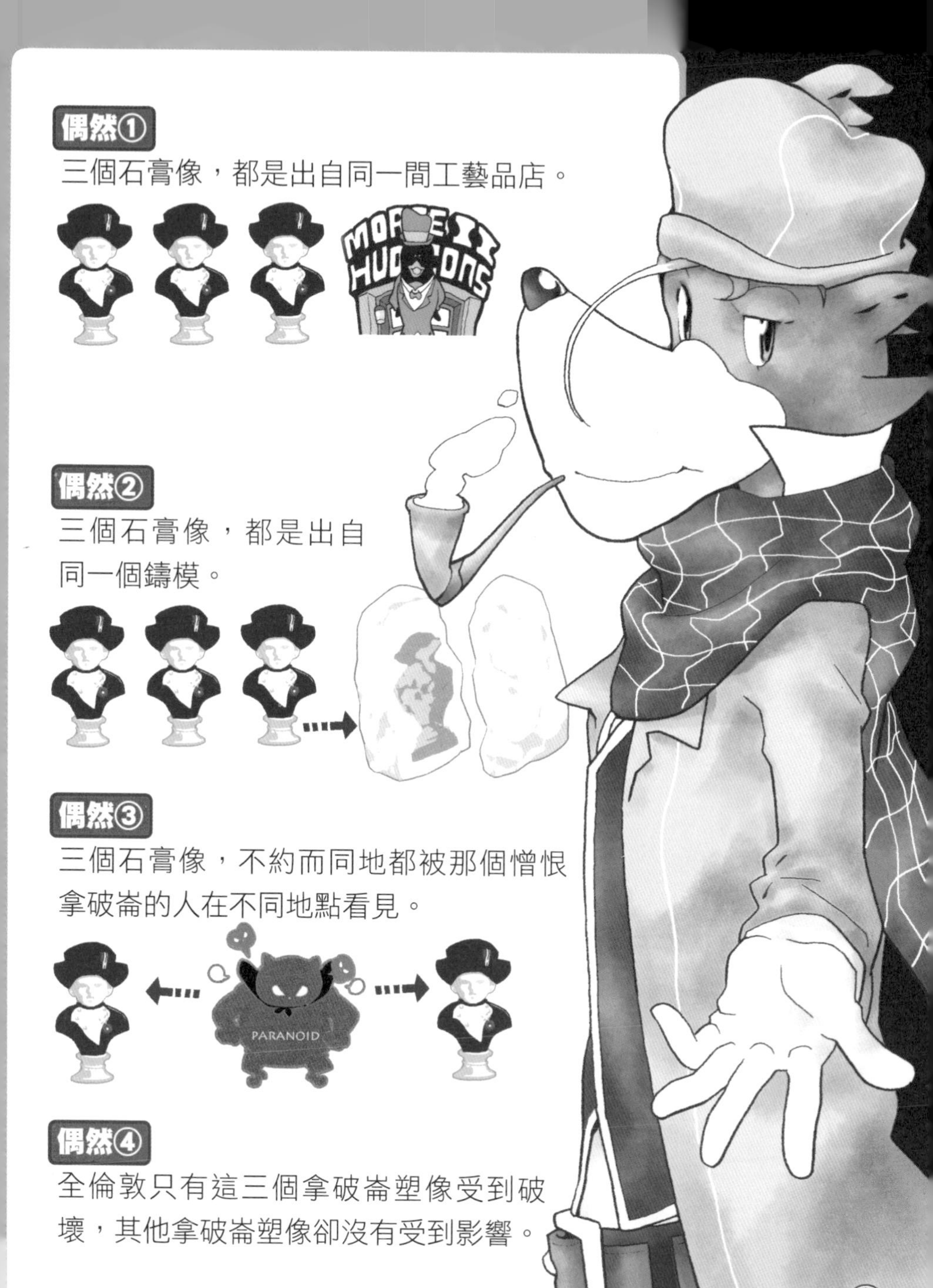

偶然①

三個石膏像，都是出自同一間工藝品店。

偶然②

三個石膏像，都是出自同一個鑄模。

偶然③

三個石膏像，不約而同地都被那個憎恨拿破崙的人在不同地點看見。

偶然④

全倫敦只有這三個拿破崙塑像受到破壞，其他拿破崙塑像卻沒有受到影響。

「啊……有道理。」華生恍然大悟，更察覺到自己的推理實在**操之過急**，「這麼說來，這個專門找拿破崙出氣的人似乎是有**選擇性**地破壞了？」

「對，看來他並非對拿破崙特別憎恨，只是對那幾個用同一個模子倒出來的拿破崙特別感興趣而已。」福爾摩斯點出重點所在。

「原來如此。」華生佩服地點頭。

「不過，我有一點卻**想不通**。」福爾摩斯喝了一口紅茶道。

「想不通？什麼想不通？」華生感到意外。

「我覺得這個犯人應該是個精明細心的人，從他破壞兩間診所的塑像就可知道。第一次，他把塑像拿到前院的草地上才砸爛它，是不想給屋內的人聽到**響聲**。第二次，狐格森不是說

碎片都散落在一塊毛巾上嗎？那毛巾其實是用來滅聲的，把塑像包着才打爛它，響聲就不會傳到診所外面去了。」福爾摩斯一頓，眉頭一皺說，「只是不明白犯人在工藝品店時，為何不偷走塑像，然後走到沒人聽見的地方才砸爛它呢？」

華生想了一想，點頭稱是：「我明白了。你是指他在兩間診所行事時都非常小心謹慎，

生怕別人聽到砸爛塑像的聲響，但在工藝品店的行為卻很魯莽，前後並不統一。」

「對，就是這個意思。實在想不通他在工藝品店為何這麼**魯莽**。」福爾摩斯說着，把紅茶一喝而盡，然後面露神秘的笑容說，「不過，現在不必想太多，如果犯人目的未達，破壞還會陸續有來呢。」

兇案發生！

翌日，福爾摩斯正在看報紙時，突然門外響起了一陣「噠噠噠」的腳步聲。

「砰」的一聲，大門被撞開了。

「福爾摩斯先生！有信到！」小兔子衝進來，看他那興奮的神情，就知道那是一封特別的信了。

福爾摩斯接過一看，原來是狐格森的來信。

「福爾摩斯先生，快拆開來看吧！狐格森探員叫我送來的。他

說是很重要的信，還與拿破崙有關，看來是牽涉國際大事的案件呢！」小兔子手舞足蹈地催促。

「什麼人這麼吵呀？」華生睡眼惺忪地走進客廳來，看來是給小兔子的叫聲吵醒了。

「華生醫生！早安！」小兔子打過招呼後，又嚷着說，「今次一定是宗國際大案，因為與拿破崙有關！」

「啊？」華生聞言，馬上清醒過來。

「哈哈哈，小兔子的想像力真豐富，拿破崙已死去好多年了，難道英國還會因為他而跟法國打仗嗎？」福爾摩斯把他剛拆了的信遞給華生，「你自己看看吧。」

華生接過信件，並把內容唸出來：「福爾摩斯先生，拿破崙一案有新發展，請即來肯寧頓區比特街131號。狐格森字」

「看來，專門破壞拿破崙塑像的犯人又出動了。」福爾摩斯說。

「唔……」華生點頭。

「什麼拿破崙塑像呀？是國際大陰謀嗎？」小兔子繼續興奮地高聲問道。

「別吵了，快幫我去叫輛馬車，我和華生醫生馬上要去比特街。」福爾摩斯吩咐道。

「」

小兔子連忙行了個軍禮，就奔下樓去了。

福爾摩斯和華生乘着馬車，很快就來到了比特街，只見131號門前擠滿了人，好不熱鬧。

「好多人呢。」華生說。

「嘿嘿嘿，看來這次不是砸爛拿破崙塑像那麼簡單了。」福爾摩斯說着，擠開人群，走到131號的門前去。

「唔……」福爾摩斯盯着門前的那幾級石級。

「怎麼了？」好不容易才擠過來的華生問。

「看來發生了血案。」

「什麼？血案！你怎知道？」華生驚訝地問。

福爾摩斯指着眼前的石級說：「你看，這幾級石級是濕的，剛才又沒有下過雨，一定是有人用水清洗過。」

「啊……一定是警察用水洗過血跡了。這麼

看來，有人曾在石級上受過傷。」華生推測。

「啊！福爾摩斯先生，你們來了。快進來吧！」這時，狐格森剛好從門口探出頭來，他看來已等得好心急了。

走進屋內，只見大廳除了我們熟悉的李大猩外，還有一個老年人站在他身旁。

「怎麼你們也來了？」李大猩看來並不知道狐格森的邀請，看到福爾摩斯兩人感到有點意外，當然口氣也不太友善。

為免大家尷尬，狐格森連忙走到那個老年人身旁介紹說：「這位是屋主哈克先生，那邊兩位是福爾摩斯先生和華生醫生。」

「啊，原來是福爾摩斯先生，久仰大名了。我是中央新聞通訊社的記者，平時常常收集罪案資料為報館寫作，想不到竟在自己家裏

發生了兇案，真的給嚇了一跳。」從哈克先生的語氣中聽得出，他猶有餘悸。

說完，他就把昨夜的事一一道出……

昨天晚上，我獨自一人在二樓的書房裏趕稿，一直寫到半夜三點鐘左右，忽然聽到樓下響起了「咚」的一聲。

「什麼聲音呢？」我心裏納悶。

不一刻，樓下突然傳來了「哇呀」一聲慘叫，那聲音異常淒厲，嚇得我幾乎從椅子上摔下來。

我被嚇得呆了一兩分鐘吧，聽見沒什麼動靜了，才放膽拿起火鉤子，小心翼翼地走到下面去看個究竟。客廳裏沒有人，但連接橫街的窗門開了，犯人顯然是撬開窗門從那裏潛進來的。我發現大門半掩，於是推門出去看看，但一步出門口，就差點兒被什麼東西絆倒了。定睛一

看，不禁大嚇一驚，因為一個身材魁梧的大漢倒在石級上，鮮血染紅了整個梯級。

現場證物

「夠了，別說了。」聽到這裏，一向性急的李大猩**打斷**哈克先生的說話道，「巡警趕到時，發覺那大漢已斷氣了。他是被一把利刀**割破喉嚨**而死的。」

「對，死者流了很多血，又躺在入口的石級上，我們驗屍後，只好馬上把他搬走，然後洗乾淨石級上的**血跡**，不然根本無法出入。」狐格森補充，他知道福爾摩斯最討厭警察隨便移動案發現場的東西，所以特別加以解釋。

「那麼，這跟拿破崙塑像又有什麼關連呢？」華生終於按捺不住，提出了**關鍵**的問題。

「啊，是這樣的。」哈克先生答道，「我冷靜下來後，才發現本來放在壁爐上面的拿破崙塑像不見了。」

「啊……」雖然早有預期，但華生仍感到驚訝。

李大猩正想補充時，狐格森已搶着說：「我們已派人在這附近進行地氈式搜索，暫時仍找不到失竊的塑像。」

「唔……」福爾摩斯沉吟半晌，問道，「在死者身上有沒有搜出了什麼東西？」

「有……」李大猩正想說明時，狐格森又搶着說：「都在那裏。」他指向不遠處的一張桌子。

只見桌上放着一把**折疊刀**、一個**蘋果**、一張廉價的倫敦**地圖**、一圈**鋼絲**和半張**照片**。

李大猩仍未開口，狐格森又搶先一步說：「除了**折疊刀**是在死者身旁的石級上找到外，其他東西都是從死者的**口袋**裏找到的。」

福爾摩斯撿起那半張照片細看，照片中人是個男子，看來年紀在30歲左右。看完照片後，他又撿起那一圈鋼絲，然後在華生面前把它拉直，好像在量度什麼似的。

「唔……除了這些證物外……」李大猩未說完，狐格森已插進來，道：「啊！除了證物，死者的脖子上還掛着一條天主教的項鏈。」

「死者有戴手套吧？」福爾摩斯忽然問。

「是的，但你怎知道？」狐格森搶着反問。

福爾摩斯還未回答，一個肥胖的巡警已氣喘吁吁地跑進來，上氣不接下氣地說：「找到了！找到了！」

「找到什麼了？」狐格森在李大猩正想開口問時，又先問了。

河馬巡警說：「找到……」

還未等他說完，李大猩憋在肚子裏的悶氣一下子就向狐格森爆發了：「**還用問，當然是找到被偷去的拿破崙塑像啦！笨蛋！**」

狐格森給罵聲嚇了一跳，仍未來得及反應，李大猩已向河馬巡警咆哮了：「**還像木頭那樣站在那裏幹嗎？還不帶路！**」

河馬巡警被一喝之下，連忙衝出門口，帶着李大猩趕去現場了。

福爾摩斯和華生心中暗笑，他們知道狐格森每次都搶着說話，一定把李大猩氣炸了。他倆也跟着李大猩等人趕去現場，但離開之前，福爾摩斯卻先到窗前看了一下，並說：「這個犯人身材不矮，最少也有六呎高。」

「你又知道？」華生感到不可思議。

「看，窗門距離地面至少也有八呎高，下面又沒有墊高的東西，沒有六呎高的人很難攀上來。」福爾摩斯說。

發現拿破崙塑像的地點是一間空屋的前院，那間屋座落於堪普登大宅路，距離兇殺案現場約300米。

一個破碎了的拿破崙石膏像散落在前院的草地上，狐格森正想開口說什麼時，李大猩黑着臉兩眼一瞪，狐格森連忙閉嘴不語。

「咳咳咳。」李大猩煞有介事地清一清喉嚨說，「這個塑像跟之前那三個一模一樣，應該也是出自同一個鑄模。」

福爾摩斯向四周環境看了一看，然後蹲下來仔細地檢查草地上的塑像碎片，並說：「塑像的手工很粗糙，怎樣看都只是個不值錢的石膏像呢。」

「竟然為一個廉價的拿破崙像搞出人命，實在……」華生搖頭歎息。

「哼！有什麼出奇。倫敦實在太多瘋子了，早前有人因為排隊買東西而打架，也搞出了人命呀！」李大猩對華生的看法不以為然。

「是啊，看來這個犯人的偏執狂症已相當嚴重了。」狐格森也附和說。

「是嗎？我看這個人並不瘋狂，他的頭腦還相當清醒呢。*」福爾摩斯說。

「哼！什麼頭腦清醒，別故弄玄虛了。」李大猩以不屑一顧的口吻說。

「對！事實擺在眼前，犯人一定是個瘋子。」狐格森說，他知道剛才激怒了李大猩，為了討好老搭檔，只好儘量附和。

「嘿嘿嘿……」福爾摩斯早已習慣了這對活

*各位讀者，你們又猜到為什麼福爾摩斯認為犯人的頭腦相當清醒嗎？

寶貝的譏諷，只好微笑不語。

「唔……看他的神情，一定已發現了什麼吧。」華生看着蹲在地上的福爾摩斯暗想。

我們的大偵探檢查完地上的碎片後，站起來問：「哈克先生有沒有說過這塑像是從哪兒得到的？」

李大猩一邊指示胖巡警收拾地上的碎片，一邊答道：「他說是在赫德森工藝品店買來的。」

「啊，又是那間工藝品店嗎？」福爾摩斯想了一想，向狐格森問道，「對了，你昨天說會去查巴尼哥醫生的病人，有什麼進展嗎？」

「還沒什麼進展，不過巴尼哥醫生說有幾個性格比較古怪的病人，我已

着手調查了。」狐格森回答。

「對，狐格森負責調查目標的病人，我就馬上去調查死者的底細，只要找出他與照片中人的關聯，相信很快就能破案了。」李大猩信心十足地說。

「很好。」福爾摩斯微笑地點頭，似乎同意他們的做法，「對了，哈克先生不是說他是通訊社的記者嗎？不如叫他寫一篇報道，說倫敦出現了一個非常憎恨拿破崙的瘋子，好讓公眾小心提防。」

李大猩聞言不禁喜形於色：「哈哈哈，福爾摩斯先生，你終於認同我的分析了吧。好的！就讓哈克先生大寫特寫，不然又發生命案就不好了。」

證物的聯想

福爾摩斯向狐格森借了從死者身上找到的那半張照片後，就辭別了。

華生不禁納悶，待走遠了後問道：「看來你並不認同犯人是個偏執狂，但為何又叫李大猩他們讓哈克先生在報紙上公開此事呢？」

「既然我們的蘇格蘭場孖寶這麼有信心，支持一下他們的觀點，讓他們高興一下也好呀。」福爾摩斯俏皮地說。

「哎呀，怎可以這樣？這宗畢竟是命案呀，不可以鬧着玩。」華生不滿。

福爾摩斯大笑：「哈哈哈，跟你開玩笑罷

了。其實我只是想犯人看到報道後，以為警方搞錯了調查方向，讓他**疏於防範**而已。」

「啊？」華生不明所以。

福爾摩斯面色一沉，嚴肅地說：「環境證供和**證物**已提供了線索，犯人一定不是什麼偏執狂，而死者也肯定不是泛泛之輩。」

「此話怎講？」

「先不說環境證供，這個還要去查證一下才能肯定。但單以現場留下的證物來看，已可知道死者是個**職業殺手**！」

「啊！」華生愕然。

死者分析①
A
B
C
D
E
F

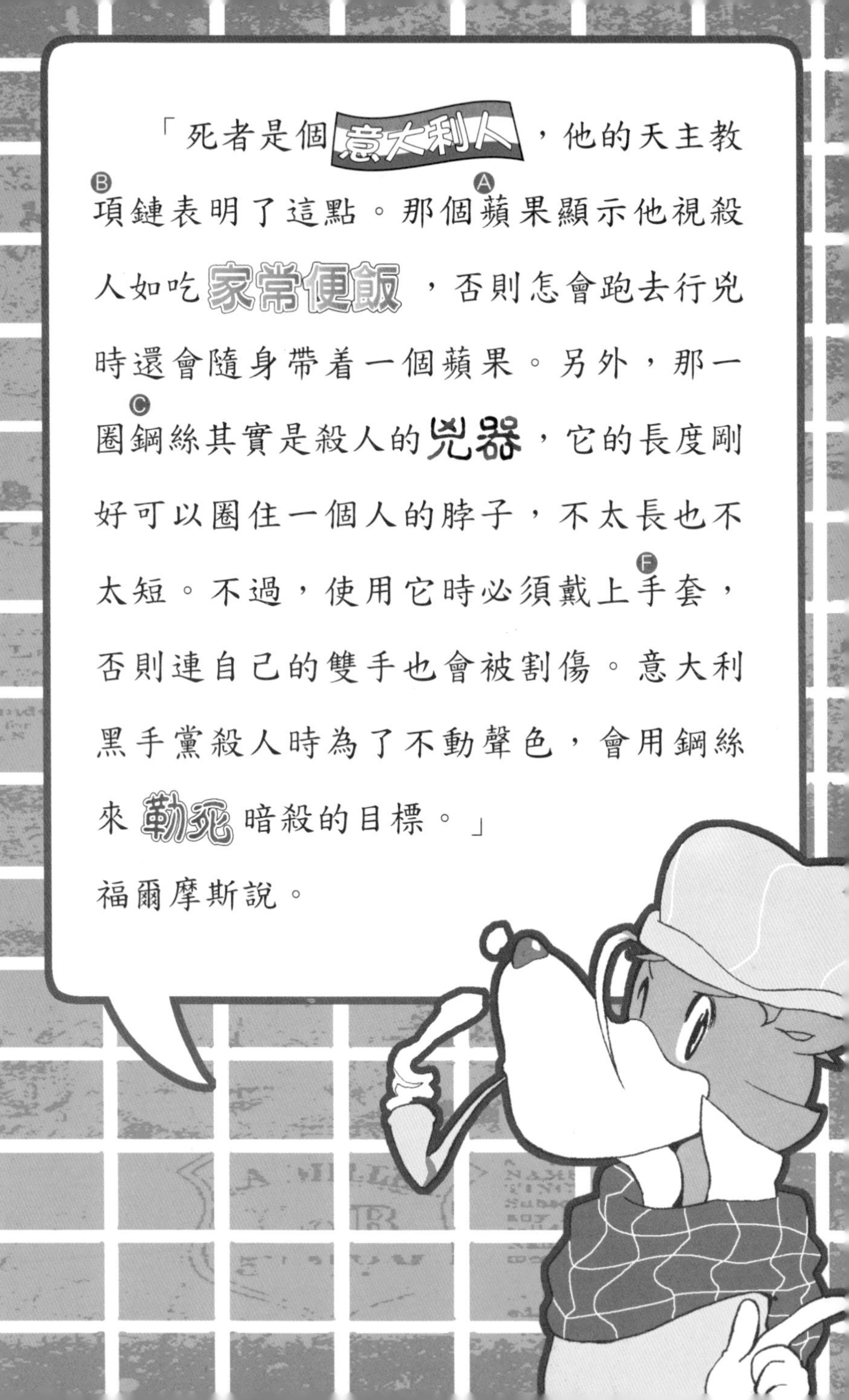
「死者是個意大利人，他的天主教Ⓑ項鏈表明了這點。那個Ⓐ蘋果顯示他視殺人如吃家常便飯，否則怎會跑去行兇時還會隨身帶着一個蘋果。另外，那一Ⓒ圈鋼絲其實是殺人的兇器，它的長度剛好可以圈住一個人的脖子，不太長也不太短。不過，使用它時必須戴上Ⓕ手套，否則連自己的雙手也會被割傷。意大利黑手黨殺人時為了不動聲色，會用鋼絲來勒死暗殺的目標。」
福爾摩斯說。

「啊，怪不得你猜想死者戴了手套，剛才又把那條**鋼絲**在我面前拉直，其實就是要量一量它的**長度**是否足夠勒死一個人。」華生此時才明白過來。

「對。」福爾摩斯繼續分析，「那張廉價版倫敦地圖，則證明死者是個外來者，必須借助地圖才能找到行兇的地址。」

「那麼，那張照片又怎樣解釋？」華生問。

「照片顯示了兩個可能性。一、死者並不認識照片中人，只是要用它來認人。二、死者認識那人，照片是用來向第三者查問的，方便他找出相中人。」福爾摩斯說完後反問華生，「你認為哪一個可能性大呢？」

華生低頭沉吟半晌才說：「唔……兩個可能性也不能抹殺，很難說是哪一個。」

（各位讀者，你們又認為如何呢？）

「說得對，我完全同意，現在還很難判斷。不過，不管怎樣，從那半張照片推斷，殺手的委託人應該與照片中人的關係頗深。」福爾摩斯說。

「此話怎講？」

福爾摩斯從口袋中掏出照片，指着照片被撕開的邊緣說：「你看，照片中人的手與另一個人的手十指相扣，從那隻手的手袖看，可知手的主人是個女人。」

「啊！這麼親密地拍照，那女人一定是照片中人的妻子或者女朋友了。」華生分析。

「沒錯，我也這麼想。」福爾摩斯說，「而這半張照片，很大可能就是那個女人或者那女人的家人提供的。因為這麼親密的照片，第三者很難拿到手。」

「有道理！」華生**擊節讚賞**。

「還有，殺手的委託人把照片撕走另一半，除了怕萬一照片落入他人手中會暴露那女人的身份外，可能還有**另一層意味**。」

「另一層意味？」華生不明白。

「就是一刀兩斷、清理門戶的意思！」福爾摩斯加重了語氣說。

「啊！」華生愕然。

「為了清理門戶，委託人把半張照片交出，並指派殺手在擺放拿破崙塑像的地方埋伏。可是，那殺手卻倒霉地反被照片中人殺了。」

「這樣說來……」華生露出恍然大悟的表情。

「你猜對了！殺手的委託人已察覺到拿破崙塑像的秘密，而且已查得那些塑像的下落。否則，殺手不可能在哈克先生的家出現。」福爾摩斯最後總結道，「**所以，照片中人就是那個專門破壞拿破崙塑像的犯人！**」

「那麼，我們下一步該怎辦？」華生問。

犯人就是他!!

「我們分頭行事吧。你去看看巴尼哥醫生的前院有沒有一盞電燈。我就去拿破崙塑像的源頭——赫德森工藝品店——查問一下。」

與華生分手後，福爾摩斯趕到工藝品店，向老闆赫德森先生道明來意後，他出示了從死者身上找到的照片：「請問你認得照片上的人嗎？」

「啊？」赫德森一看到照片就認出來了，「這不就是比捕嗎？他曾在這裏打工啊。」

「什麼？」福爾摩斯驚訝之餘，不禁大喜。

「不過，他在這裏只工作了一個星期。」赫德森有點兒惋惜地

說，「他的雕塑功夫不錯，據他自己說，他的手藝都是在家鄉學的。」

「他的家鄉在什麼地方？」福爾摩斯問。

赫德森想也不想就答道：「是意大利的那不勒斯，只有意大利的工匠，才能有這麼好的手藝。」

「那麼，店裏的拿破崙塑像被砸爛時，他還在店裏工作嗎？」

「不，他在塑像被破壞的前兩天已不辭而別了。」赫德森肯定地說。

「竟然這麼巧合……」福爾摩斯想了一想，再問，「請問那尊被砸爛的拿破崙塑像是從哪兒進貨的呢？」

「是我向雞爾德公司訂造的，一共訂造了六個。它有專門製作石膏像的工場，是這行的老字號了。」

「訂造了六個？」福爾摩斯眼前一亮，心裏盤算了一下，「六個之中有四個已被破壞了，現在還**剩下兩個**！」

「請問……還有別的事情嗎？我還有其他事情要辦。」赫德森打斷福爾摩斯的沉思。

「噢，對不起。」福爾摩斯連忙再問，「除了賣給巴尼哥醫生和哈克先生之外，請問餘下的那兩個塑像賣給了誰呢？」

「讓我想一想……」赫德森沉吟半晌後說，「也是賣給了熟客，一個賣給了**布朗遊樂場**的主管，他說用來當作攤位遊戲的獎品；另一個就讓**桑德福先生**買去了，他居住在雷丁的下樹林路。」說完，還把兩個顧客和雞爾德公司的詳細**地址**寫下來。

福爾摩斯連聲道謝後，走出了工藝品店，心中不期然地浮現出他那六個拿破崙塑像的**來龍去脈**。

福爾摩斯馬不停蹄，匆忙趕到所有塑像的出處——雞爾德公司——去調查。

福爾摩斯道明來意後，老闆雞爾德先生隨手從工作檯上拿起一本賬簿，翻查拿破崙半身石膏像的出貨記錄。他很快就找到了所需資料。

「那個石膏像，我們共製造了六個，都是莫爾斯·赫德森工藝品店訂造的，出貨日期是去年**6月3日**。」雞爾德指着賬簿上的記錄說。

「那六個塑像有什麼特別的地方嗎？」福爾摩斯問。

「沒有呀，都是非常普通的石膏像，每個的批發價也只是幾個先令，是屬於最便宜的一種。我也不明白為何有人會打這些石膏像的主意。」雞爾德對有人專門針對這些塑像感到非常詫異。

「我是這方面的門外漢，請問那些塑像是怎樣製造出來的呢？」

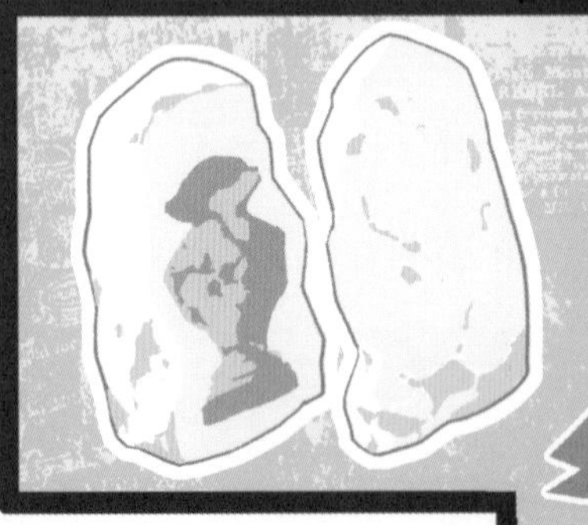

說着，雞爾德就走到一張工作檯前，隨手拿起了兩個分成一半的鑄模說：

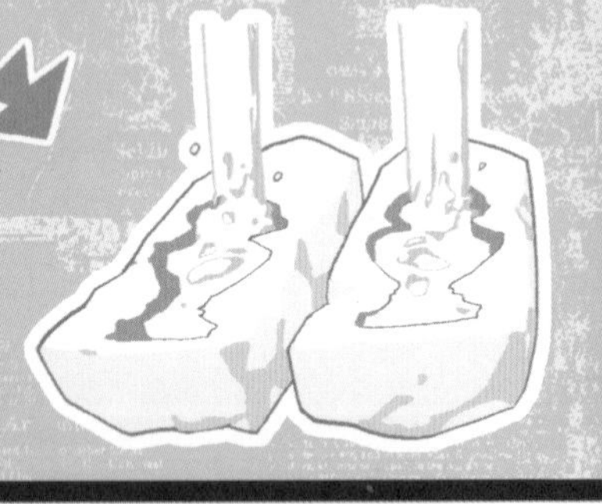

『我們的工人先會雕製出這種模子，然後把石膏漿倒進模子中。接着，

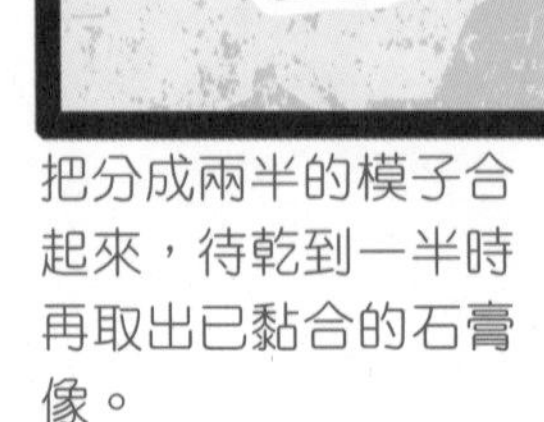

把分成兩半的模子合起來，待乾到一半時再取出已黏合的石膏像。

然後放在倉庫中等石膏像完全風乾。』

福爾摩斯拿起工作檯上的半塊鑄模，凝視着那中空的部分，彷彿當中隱藏什麼秘密似的，非要把它看穿看透不可。

「這個模子有什麼問題嗎？」雞爾德覺得奇怪地問。

「沒什麼，只是想起一點事情罷了。」福爾摩斯說着，把模子放回工作檯上去，然後從口袋中掏出那張照片，「你認識這個人嗎？」

「啊！你怎會有這惡棍的照片的？」雞爾德臉上露出厭惡的表情，「他叫比犻，本來是這裏的工匠，一年前被警察抓了去坐牢！」

「坐牢？他犯了什麼事嗎？」

「據說他刺傷了一個同鄉，幸好那人沒有死去，否則他的罪就更重了。算起來，這惡棍大概已出獄了吧。」雞爾德說。

「他為什麼刺傷同鄉呢？」福爾摩斯問。

「**哼！誰知道！**」雞爾德憤怒地說，「那天他用刀刺傷人後，還逃到我這裏來，後來警察在倉庫裏找到他，害我也被警察拉了去問話。警察還以為我故意**窩藏**罪犯呢！」

「對不起，勾起了你不愉快的記憶。請問你記得他被捕那一天的日期嗎？」福爾摩斯有禮地問道。

「哼！當然記得，那麼倒霉的日子我一生也不會忘記，那是去年**5月20日**。」雞爾德說得咬牙切齒。

「5月20日……」福爾摩斯心裏咀嚼着這個日期，「而塑像的出貨日是**6月3日**，相距不遠呢。」

「那傢伙的表弟還在這兒工作，要叫他來問問嗎？」雞爾德似乎察覺到**事態嚴重**，於是提議。

「哦？他表弟？這裏有很多意大利人工作嗎？」

「有好幾位，他們的**手藝**好，沒他們不行。」

「原來如此。不過，不必驚動比狒的表弟了，請你也不要對任何人說。」福爾摩斯叮囑。

福爾摩斯離開之前，瞄了一下隨便放在桌上的賬簿，不經意地問：「不用收起那本賬簿嗎？」

「不用了，這只是出入貨的記錄，沒有人會對它感興趣。」雞爾德說。

福爾摩斯心想：「賬簿放得這麼隨便，一定是與比狒相熟的人查過出貨記錄，然後告訴他那六個拿破崙塑像已賣給了赫德森工藝品店。」

謝過雞爾德先生後，福爾摩斯先到布朗遊樂場走了一轉，然後馬上趕回家去，他估計華生應該已完成任務，在家中等他回來。

街燈的暗示

福爾摩斯回到貝格街的家中一看，華生果然已經回來了。

華生興奮地說：「你真的好厲害，我探訪了巴尼哥醫生，他的前院果然有**一盞燈**。他還告訴我，那個被打爛了的拿破崙塑像的碎片，就是在燈下被發現的。」

「嘿嘿嘿，我說的**環境證供**就是如此，沒有什麼好驚訝的。」福爾摩斯笑道。

「對不起，我還是不太明白什麼叫『環境證供』，可以解釋一下嗎？」

福爾摩斯看來走累了，他在沙發上坐下，一邊燃點煙斗一邊說：「今天早上哈克先生被偷了的那個塑像，也是在一間空屋的前院內被發現的吧？」

「是呀，那又怎樣？」華生問。

「那前院不也是有一盞燈嗎？」

華生搔搔頭，回想了一下：「說起來，倒好像是。不過，這並不代表另一個前院也一定會有一盞燈呀。」

「這個當然，但犯人必須找一個有燈光的前院來砸爛塑像，所以我估計巴尼哥醫生的前院也一定有一盞燈。」福爾摩斯說得理所當然似的。

「原來如此。」華生似懂非懂的自言自語，「但犯人為什麼要這樣做呢？難道他要在

燈光下找什麼東西？」

「正是！」福爾摩斯以肯定的語氣說，「你已非常接近問題的核心了！」

「他要找什麼呢？」

「這個正要我們去找出答案，但可以肯定的是，犯人在燈光下砸爛塑像，就是要找出塑像裏藏着的東西！」

「啊！難道裏面藏着很多金幣！」華生腦海中浮現出一個塑像，裏面塞滿了閃閃發亮的金幣。

「肯定不是。」福爾摩斯說。

「你怎可以這麼武斷？」華生不服氣。

「試想想，如果塑像裏藏着很多金幣的話，那個塑像一定比其他的重很多，雞爾德先生出貨時，又怎會察覺不到？」

「這麼說來，藏在裏面的東西必定是很輕的物件了。」

「而且是輕得可以黏在仍未凝固的石膏上，否則，只要把塑像稍為搖一下，就會聽到響聲，不必把它打爛也可知道裏面藏了東西。」

福爾摩斯進一步說明。

「好厲害，你想得太仔細和周詳了，我實在無話可說。」華生佩服地說。

就在這時，樓梯響起了「咚咚咚」的腳步聲，華生和福爾摩斯知道，又是小兔子來了。

「砰」的一聲，大門被撞開了，他手中拿着一份晚報，興奮地叫嚷：「不得了！不得了！拿破崙殺人了！」

福爾摩斯沒好氣地說：「傻瓜，拿破崙都死去好多年了，難道他的鬼魂出來殺人了。」說完，接過晚報細看。

「嘿嘿嘿，哈克先生的文筆不錯呢，把案發經過寫得繪影繪聲，犯人一定會上當。懂得利用的話，報紙真是最方便的傳播工具。」福爾摩斯看完報紙後，開心地說。

華生連忙拿來一看，只見報紙標題上寫着：「病態殺人犯，極度憎恨拿破崙！」

在華生細閱報紙期間，福爾摩斯草草寫了封信，並向小兔子說：「把這封信送給蘇格蘭場的李大猩和狐格森探員，叫他們一定要在今天晚上10時去到布朗遊樂場的後門等我。」

「遵命！」小兔子行了個軍禮，然後興奮地問，「我也可以去嗎？我也想去遊樂場玩啊。」

「傻瓜！我們是去捉拿**殺人犯**，不是去玩呀！」福爾摩斯故意厲聲喝道。

「哎呀！知道啦，也不用那麼兇呀。」小兔子**拋下**這句說話，就垂頭喪氣下樓去了。

「為什麼要去布朗遊樂場？與此案有什麼關係？」華生問。

「赫德森工藝品店賣出了五個拿破崙塑像，當中三個分別在巴尼哥醫生和哈克先生那裏已被打爛了，另一個賣給了**布朗遊樂場**，最後一個賣給了居住在雷丁的**桑德福先生**。」

「你認為犯人會去布朗遊樂場偷塑像？」

「是的，如果他還未找到藏在塑像裏的東西，就一定會先去遊樂場**下手**，因為那兒比較近，而最後一個塑像在雷丁，那兒比較遠。」

「布朗遊樂場面積很大，怎知道他會在哪兒現身？」華生有點擔心地問。

「塑像在哪兒，他就會在哪兒**現身**。我回家之前已去遊樂場查過了，塑像已成為一個攤位遊戲的獎品，就放在玩射擊的攤位裏。」福爾摩斯說。

「你不怕他先下手偷走嗎？」華生問。

「哈哈哈，不必擔心，遊樂場日間太多人了，而且**攤位遊戲**有兩個人看着，他沒機會下手，一定會等到天黑才出動。」

「那麼，我們只要埋伏在附近就可捉到他了？」華生眼睛發亮，他一想到要捉拿兇犯，就緊張起來了。

「別忘了帶**手槍**啊。」福爾摩斯伸了一下懶腰，「好了，早一點吃晚飯，然後躺一會

吧。可能要在遊樂場等到天亮的啊。」

吃過晚飯後，華生就躺在沙發上睡覺去了。可是福爾摩斯卻沒有停下來，他不停地翻閱一年前的**剪報**，看看在比狒被捕的前後，有沒有發生過什麼大案。翻着翻着，他忽然眼前一亮，似乎已找到了要找的東西。

驚險大追捕

十時左右，布朗遊樂場已關燈了，本來色彩繽紛的遊樂場隱沒在黑暗之中。李大猩和狐格森依約到來，在後門與福爾摩斯兩人會合。

「嘿嘿嘿，福爾摩斯先生，我有好消息，那個死者已被我查清底細了。他原來是那不勒

斯黑手黨凡紐奇家族的殺手，名叫皮奧．凡紐奇，並不住在倫敦。看來，他是接到暗殺任務，要在哈克先生那兒殺死來偷拿破崙塑像的人。不過，卻失手被對方先殺了。」李大猩似乎對自己調查很滿意。

華生心想：「福爾摩斯真厲害，都給他猜中了。」他瞥了一眼我們的大偵探，見他**不動聲色**，自己也就不好說什麼了。

「呵呵呵，蘇格蘭場的探員果然了不起，短短時間就查到這麼多情報，對破案很有用呢。」福爾摩斯故意誇獎，又向華生使了個眼色，彷彿在說——**你看！我沒説錯吧？**

「哈哈哈，小意思、小意思。」李大猩更得意了。在旁一直看着的狐格森感到滿不是味兒，因為他在巴尼哥醫生的病人那裏，一點兒有用的**線索**也查不到。

「說起來，犯人真的會來這個遊樂場嗎？這裏**蚊子**多，白等一個晚上可不是好玩的啊。」李大猩充滿疑惑地問。

「等着瞧吧。」福爾摩斯說完，就**躡手躡腳**地帶領三人走到機動遊戲「旋轉木馬」那邊去等候，四個人分別躲在不同的木馬後面。

「射擊攤位距離這裏比較遠啊，不是走近那兒監視嗎？」華生輕聲地問。

「不宜走近，給犯人察覺到就**前功盡廢**了，反正他會走過來這邊，只要監視着前面就行了。」福爾摩斯指一指前方不遠處的一塊空地。

華生往指示的方向看去，心裏不禁發出一聲驚叫。只見那塊空地上有一張長椅，長椅旁有一盞亮着的**街燈**，它那**淡黃色**的燈光灑在地上，照出一圈慘白的光暈。

「我們盯着那盞街燈就行，犯人會在街燈下砸碎拿破崙塑像。」福爾摩斯向李大猩和狐格森說。

我們的蘇格蘭場孖寶雖然感到不可思議，但既然來了，只好聽從福爾摩斯的指示，況且現在也不是質疑的時候，因為驚動了犯人就更不妙了。

華生當然明白福爾摩斯的用意，那盞街燈已告訴了一切。按照犯人的行事習慣，他一定會先偷出塑像，然後跑到有燈光的地方砸碎它，以便找出藏在塑像裏的東西。

環顧整個遊樂場，就只有這盞街燈亮着，看來這也是福爾摩斯的精心安排，他一定是日間來訪的時候，已通知了遊樂場的管理員，一定要熄掉所有燈，但就只亮着這一盞。

這一盞燈，其實是引誘野獸掉進陷阱的餌食！華生想到這裏，再望向全神貫注地盯着前方的老搭檔，只見微弱的燈光照亮了他的側面，勾劃出一個淡淡的輪廓，令他顯得更英氣勃勃。

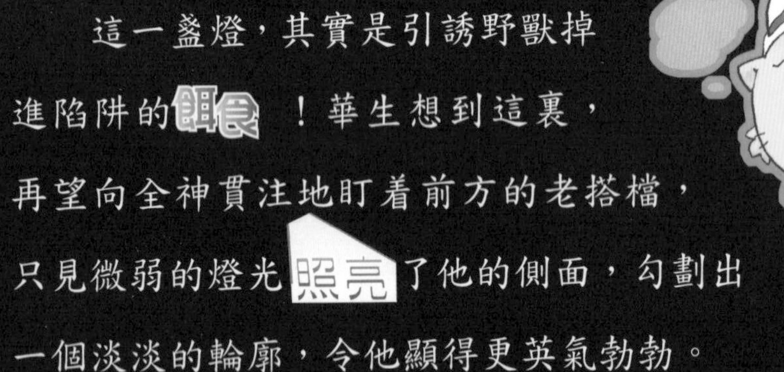

「這傢伙實在太厲害了，罪犯被他盯上了，又怎可能不束手就擒呢。」華生對福爾摩斯的心思縝密，又一次佩服得無話可說了。

四人無言地等待，華生看看懷錶，已是半夜二時了，不經不覺已等了幾個小時，除了聽到蚊子飛來飛去的嗡嗡聲外，一點動靜也沒有。

李大猩和狐格森已睏得眼皮半垂，要不是

靠在木馬的大腿上，他們可能早已倒在地上睡着了。最可笑的是，有幾隻**蚊子**專門找李大猩麻煩，在他的頭頂團團轉，半睡半醒的李大猩不時雙手亂舞，可是蚊子就是趕不走，而且一找到機會就會像**轟炸機**般飛下來叮一口，把他叮得滿面都是**紅點**。

在旁看着的華生忍着笑，幾乎已忘記了自己在埋伏監視。

突然，一個**黑影**在射擊攤位處閃過。福爾摩斯輕聲說：「看！來了。」

李大猩和狐格森猛然驚醒，果然，一個黑影走到那攤位前，他小心地四處張望一下，然後一個閃身，就**竄**進了攤位內。

不一刻，黑影閃出攤位，他手上已多了一件東西，雖然看不清是什麼，不用說，肯定就是那個拿破崙塑像。

「**準備了！**」福爾摩斯輕聲地下令。

李大猩已完全醒過來了，他突然雙眼發紅，裂開那**雪白**又尖利的牙齒，就像一頭看到獵物的猛獸那樣，隨時準備撲殺出去。狐格森則緊張得屏住呼吸，全身的神經都集中在那雙小眼睛裏，把黑影盯得牢牢的。

一如所料，那黑影一直奔到空地的那盞**街燈**下面，他往前後看了一下，確

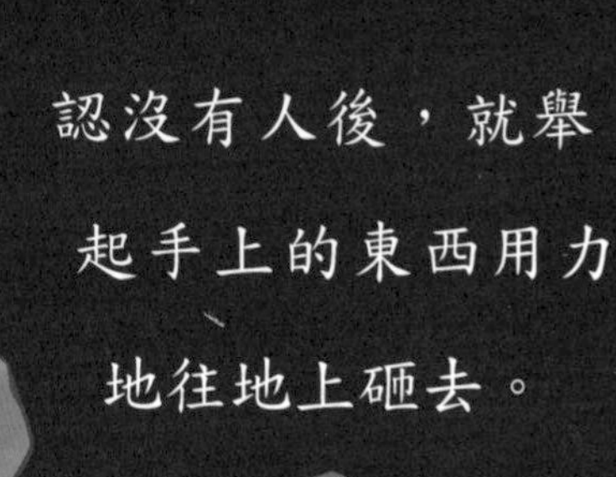

認沒有人後，就舉起手上的東西用力地往地上砸去。

「乒」的一聲響起。這下擊碎東西的聲響其實不大，但在寂靜無人的黑夜卻特別刺耳，加上一場生死搏鬥即將展開，聽在華生耳裏，難免有點不寒而慄。

然而，響聲也像發號施令的暗號一樣，就在響起「乒」的一剎那，福爾摩斯四人迅即從木馬群中一躍而出，直往黑影撲去！

「抓住他！」李大猩同時大叫。

抓住他!!

「糟糕！」福爾摩斯暗叫不妙，他沒想到我們的幹探竟會叫起來，這豈不是等同叫犯人逃走！

混蛋！

警察呀！

果然，本來已蹲下的犯人連忙轉身望向這邊來。在暗淡的燈光下仍可看到他那恐懼的神色，可能是太過意外了，他呆了半秒，才如夢初醒似的躍起來，一個轉身就往暗處逃去。

抓住他！

「華生！去左面那個機房，把遊樂場的燈都亮起來！」福爾摩斯邊跑邊高聲叫道。

華生往左面一看，果然有間機房似的小屋，他大叫：「知道！」然後馬上飛奔而去。

「抓住他！不要讓那混蛋逃了！」

「警察呀！混蛋！給我站住！」

別吵！

李大猩和狐格森的喝罵聲此起彼落，但他們衝到街燈下時，那犯人已不知跑到哪裏去了。

給我站住！

福爾摩斯大喝：「別吵！小心聽！」

這麼一喝，李大猩和狐格森果然靜下來了。三人佇立在街燈下，豎起了耳朵細聽。

一陣「噠噠噠噠」的奔跑聲遠去，福爾摩斯閉上眼睛，心中不斷地數着……10、11、12、13、14、15……當數到22時，腳步聲停止了。福爾摩斯睜開眼睛，以肯定的語氣指向前方說：「**是那邊！**」說着，拔足就往指着的方向奔去。

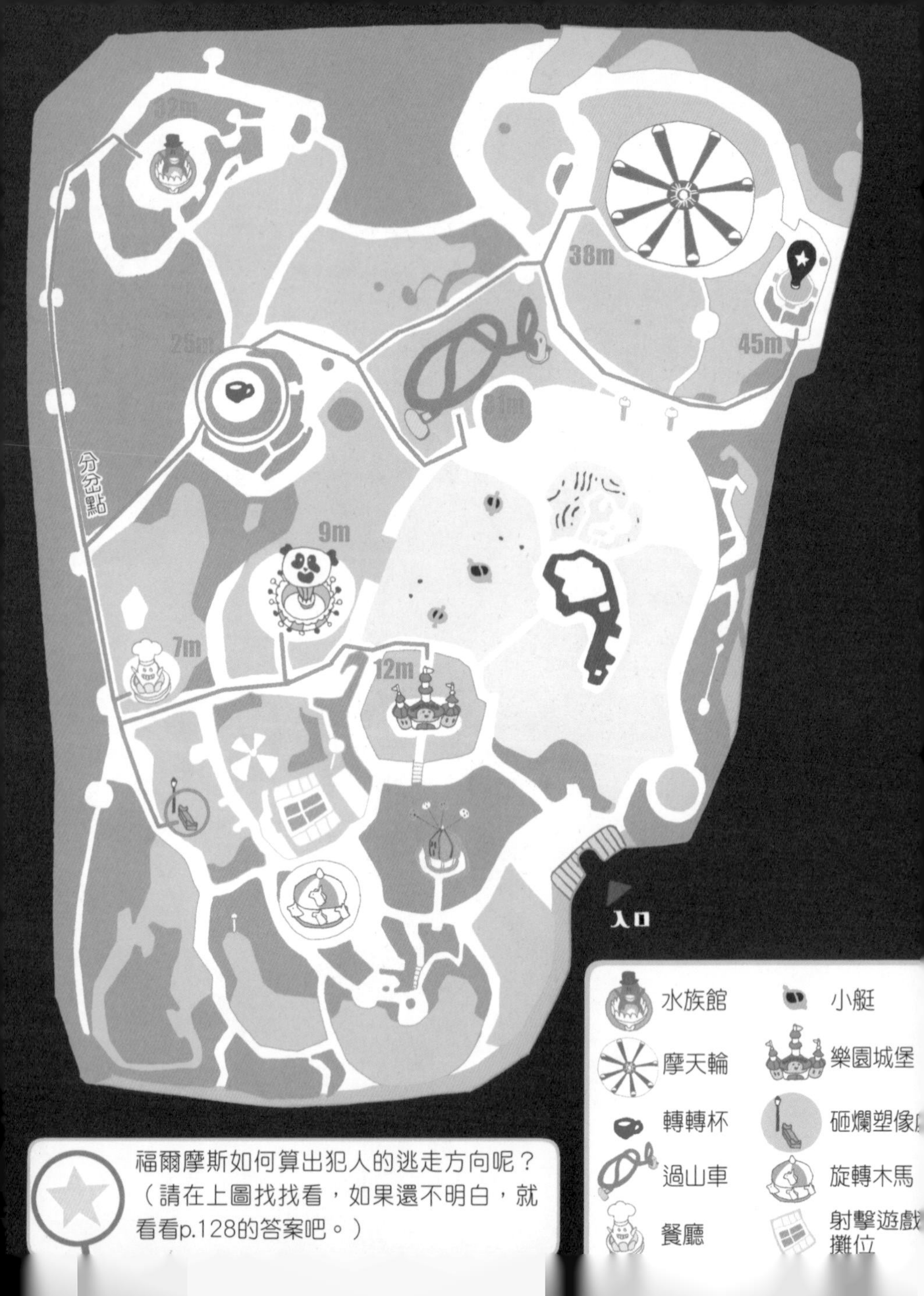
32m
38m
25m
45m
9m
7m
12m
分岔點
入口
水族館
小艇
摩天輪
樂園城堡
轉轉杯
砸爛塑像
過山車
旋轉木馬
餐廳
射擊遊戲攤位
福爾摩斯如何算出犯人的逃走方向呢？
（請在上圖找找看，如果還不明白，就看看p.128的答案吧。）

奔了15米左右，來到一處分岔路，福爾摩斯停下來看看前方，又看看右方，心中盤算了一下，馬上折往右方的通道，然後再奔了10米左右才停下來。

在黑暗中，福爾摩斯看見十多個巨型杯子散落在一個「轉轉杯」機動遊戲的轉台上。他小心地踏上轉台，心想：「聲音明明是這裏傳過來的，怎麼什麼動靜都沒有。」

這時，李大猩和狐格森也飛奔而至，就在他們踏上轉台的一剎那，巨型杯子之間響起了「嚓」的一下輕微響聲。福爾摩斯鋒利的目光射向其中一個粉紅色的杯子，他不動聲色地向李大猩和狐格森打了個暗號，指一指目標。兩位幹探點一點頭，他們都明白福爾摩斯的意思，他是指……

福爾摩斯一看就知道疑犯藏身於哪一個杯子，他是怎樣猜中的呢？（答案刊於p.128）

接着，三人形成一個**三角形**的包圍圈，一步一步地逼近目標。然後，在五步之遙的地方停下來，三人互相望了一下，不約而同地從腰間拔出手槍。

正當準備一同撲前時，突然，全場的燈光「**咔嚓**」一聲亮起，機動遊戲紛紛轉動起來，歡快的音樂也「叮叮噹噹」的此起彼落地鳴響，整個遊樂場忽然從沉睡中甦醒了！

「轉轉杯」的轉台也同時轉動，福爾摩斯三人霎時失去平衡，「啪嗟啪嗟」地向後倒，全部硬生生地摔在轉台上。倒地的瞬間，三人的手槍也給摔到老遠去了。

犯人似乎也被突然轉動的杯子和燈光嚇驚了，他從粉紅色杯子裏站起來，驚惶地四處張望。

「啊！果然就是照片中人！」倒在地上的福爾摩斯一下子就認出來。

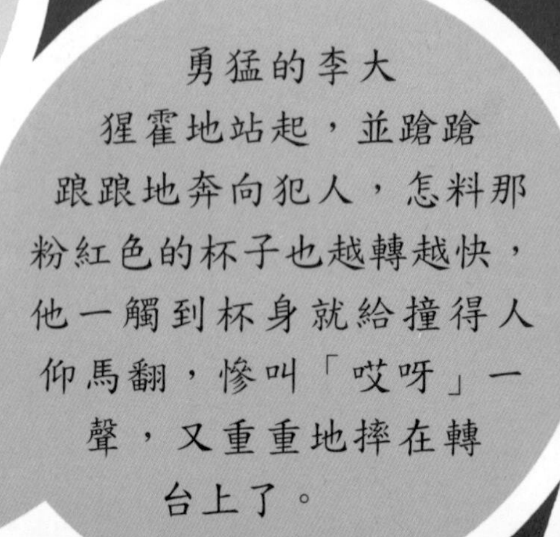

勇猛的李大猩霍地站起，並蹌蹌踉踉地奔向犯人，怎料那粉紅色的杯子也越轉越快，他一觸到杯身就給撞得人仰馬翻，慘叫「哎呀」一聲，又重重地摔在轉台上了。

狐格森也好幾次想站起來，但還未站穩又摔倒了，跌得他呼呼叫痛。

福爾摩斯知道在高速轉動的轉台上根本難以站起，於是曲起身體打了幾個跟頭，看準機會在杯子的空隙之間滾過，一直滾出轉台去。

與此同時，犯人也拼死從杯子裏跳出來，他抓緊杯耳，趁杯子轉動到轉台的最邊緣時，就來個鯉魚翻身，奮力飛身一躍，躍出了轉台。

怎料他躍下時，正好落在福爾摩斯前面，被我們的大偵探擋住去路。

「你逃不了！束手就擒吧！」福爾摩斯張開手厲聲喝道。

「哼！」犯人知道前無去路，只好轉身就逃，直往摩天輪的方向奔去。

這時，李大猩和狐格森也不約而同地滾下了轉台，他們迅速躍起，和福爾摩斯形成一個包圍網，在犯人身後緊咬不放。

摩天輪就像一個巨大的鐵欄一樣，擋在犯人的前面，他見走投無路，只好轉過身來，企圖作出垂死的反抗。但看到福爾摩斯三人來勢洶洶，加上李大猩那副嚇人的兇相，知道硬拼勝算甚低，於是轉身一躍，一手抓住了正在上升的摩天輪，企圖翻身登上一張搖搖晃晃的吊椅上。

我們的孖寶警探又豈會放過已到嘴邊的肥肉，他們一邊大叫「不准走！快下來！」一邊衝往摩天輪，並一前一後地抓着正在向上轉的支架，隨着摩天輪往上升去。

可惜的是，李大猩和狐格森的身手都不太靈活，只見他們抓住支架半天吊，出盡九牛二虎之力也無法攀上吊椅。

「哎呀！怎會這樣的？」這時，華生已趕回來，他舉頭看見孖寶警探危危乎地吊在支架上的樣子，不禁驚叫。

「你還好說，我叫你去開燈，你卻把整個遊樂場的機動遊戲都開動了，害我摔了好幾個跟頭呢！犯人都跑到摩天輪上面去了。」福爾摩斯沒好氣地說。

「我怎知道啊！那

機房有好多開關，我根本分

不清哪個是開燈的、哪個是開機

動遊戲的啊！只好把全部

都開了，這準不會錯嘛！」

華生解釋。

這時，頭頂傳來了狐格森的叫聲：「救命呀！福爾摩斯先生，快來救我們呀！」

「住口！堂堂一個警探，竟然在犯人面前叫救命，不怕失禮嗎？」吊在狐格森頭頂的李大猩雖然**自身難保**，但仍不忘喝罵。

「那兩個笨蛋，行事永遠那麼魯莽，怎會自己也攀到摩天輪上面去的，簡直就是胡來。」福爾摩斯給他們**氣壞**了。

「別罵他們了，總得想解決的辦法呀。」華生焦急地說。

福爾摩斯四處張望了一下，指着不遠處的一個開關把手，說：「把那開關拉下，就能讓摩天輪停下來了。」

華生聞言，連忙衝前握着把手往下一拉。

摩天輪發出「**喀噔喀噔**」的響聲，然後慢慢地停了下來。李大猩和狐格森見摩天輪不再晃動了，也就連忙用力攀上吊椅，坐下來好

喘喘氣。那犯人乘坐的吊椅剛好升到摩天輪的最高點，他變成了等待捕捉的**籠中鳥**，無路可逃。

一番擾攘之後，華生召來大批警察，終於把犯人逮捕了，他果然就是照片中的**比狒**，看來有六呎多高，正如福爾摩斯早前猜測那樣。

接着，福爾摩斯等人再去街燈下檢視那個被砸碎了的石膏像，發現就只是這麼一堆碎片，並沒有其他東西。

「唔……什麼也沒有嗎？」福爾摩斯看着地上的碎片自言自語。

李大猩和狐格森抓着比狒，厲聲喝問他為何要偷塑像又把它們砸碎。但比狒很口硬，死也不哼一聲。

無法可想下，李大猩他們只好命巡警把犯

人押解回警局盤問。離開時，已快天亮了，福爾摩斯輕聲在狐格森耳邊說：「黃昏六時來我家，相信可以解開所有謎團。」

塑像裏的秘密

黃昏六時左右，李大猩和狐格森應約而來。

「怎樣？盤問出什麼來了嗎？」福爾摩斯坐在沙發上笑問。

李大猩怒道：「哼！證據確鑿，他已承認所有拿破崙塑像都是他砸碎的，而那個黑手黨殺手也是他殺的。」

「對，他說當晚從窗口潛進哈克先生家，把放在壁爐上的塑像取下，準備從正門逃走時，卻在門口遇上了殺手。糾纏之下，就把他殺了。」狐格森說。

「那麼，他有沒有說為何在工藝品店偷取塑像時，要在店裏把塑像當場砸爛呢？」福爾摩斯問道。華生記得，這是唯一困擾福爾摩斯的地方，因為這不合符比狒的行事規律。

「哼！那傢伙說只是一時大意，取走塑像時手一滑，把塑像掉到地上罷了。作案也那麼疏忽，真是一個笨賊！」李大猩語帶不屑。

「你問這個來做什麼？」狐格森覺得奇怪。

「哦，沒什麼，問問而已。」福爾摩斯神秘地一笑，並不多作解釋。

「原來純是失手意外，難怪只是那次不符比狒的行事規律了。」想到這裏，華生心裏進一步推論，「比狒失手摔爛了塑像，明知會驚動他人，但仍蹲在地上，非到最後一刻也不肯起身逃走，是為了爭取時間在碎片中找尋收藏在塑像裏的東西！」

「不過，那傢伙就是不肯說為什麼要砸碎那

些塑像！」李大猩非常生氣。

「他顯然有不可告人的秘密！」狐格森道。

「少安毋躁，待會有一位桑德福先生來訪，他會為我們解開這個秘密。」福爾摩斯咬着煙斗，一派成竹在胸似的說。

「哦？」當李大猩和狐格森都有點兒摸不着頭腦時，門外響起了「咚咚咚」的敲門聲。

「我們的客人到了。」福爾摩斯站起來，走到門前開門。

進來的是一個矮矮胖胖的紳士，他看到屋內的四個大男人都盯着他時，有點兒戰戰兢兢地問道：「福爾摩斯先生在嗎？」

「我就是了。」福爾摩斯有禮地說，「你一定就是桑德福先生吧？」

「是的，收到你的信後，我趕忙從雷丁坐火車來了。你真的會用**10英鎊**收購它嗎？」桑德福說着，就從手提包中取出一個東西來。

那不是別的，正是剩下的**第六個**拿破崙塑像！

「啊！」李大猩和狐格森驚訝得從沙發上彈起來。

福爾摩斯**不慌不忙**地從口袋中掏出10英鎊，說：「當然了，我實在很喜歡這個拿破崙半胸像，赫德森工藝品店的老闆說賣給了你，我只好發電報給你懇求相讓了。」

桑德福收下10英鎊後，非常高興地說：「我收到電報時，還以為是惡作劇呢。你知道這塑像只值**15先令**嗎？」

「原本值多少錢沒關係，能獲得自己喜歡的東西，花多少錢也是值得的。」說完，福爾摩斯就把滿心歡喜的桑德福先生送走了。

李大猩和狐格森仍不知福爾摩斯的**葫蘆**裏賣的是什麼藥，問：「你用這麼多錢買下這個塑像幹什麼？」

「買來砸的！」福爾摩斯說着，「乓」的一聲，就用華生的手杖把塑像砸個粉碎。

「哎呀！你瘋了嗎？」我們的蘇格蘭場孖寶嚇了一跳，還以為福爾摩斯也是個憎恨拿破崙的偏執狂呢。

我們的大偵探沒有理會他們，他仔細地檢視石膏碎片，不一刻，就找到他要找的東西了。

「各位！這就是比狒破壞塑像的原因！」福爾摩斯的手中，閃耀着一顆黑得發亮的名貴珍珠。

「啊！這不就是一年前科隆納王子在酒店裏遺失了的珍珠嗎？我記得為王子收拾房間的女傭人是個意大利人，她的嫌疑最大，可惜證據不足，只好把她放了。」狐格森回憶。

「什麼？」李大猩聞言也吃一驚。

「正是！」福爾摩斯說，「我翻查過一年前的報紙，發現那個女傭人名叫露瑰蒂亞・凡紐奇，與前晚被殺的那個殺手皮奧・凡紐奇同姓，看來，他們兩人都是黑手黨凡紐奇家族的成員！」

「啊！」這次不單李大猩和狐格森驚歎了，連華生也頗感意外。

「依我推測，整個案情的前因後果是這樣的……」福爾摩斯把他的推理娓娓道來。

據工藝品店的老闆赫德森先生說，比狒是意大利**那不勒斯**人，與黑手黨凡紐奇家族是同鄉。可能正是這種關係，他得悉凡紐奇家族派露瑰蒂亞偷了**珍珠**，而他又不知用什麼方法再把珍珠奪到手。

不過，他卻因為一宗傷人事件而被追捕，並逃回工場躲避，但警察很快追蹤而至，在慌亂之間，他就順手把黑珍珠**塞進**一個仍未乾的石膏像中，然後再補回缺口。這對一個熟練的雕塑工人來說，是**易如反掌**的事。當然，他也知道同一款式的石膏像只有六個。

被捕後，比狒只坐了一年牢就出獄了。他對石膏像中的黑珍珠**念念不忘**，並從仍在工場工作的親戚或朋友口中，打聽到那六個塑像賣給了赫德森工藝品店。於是，他**喬裝**成工匠到工藝品店打工，其實是為了調查那六個塑

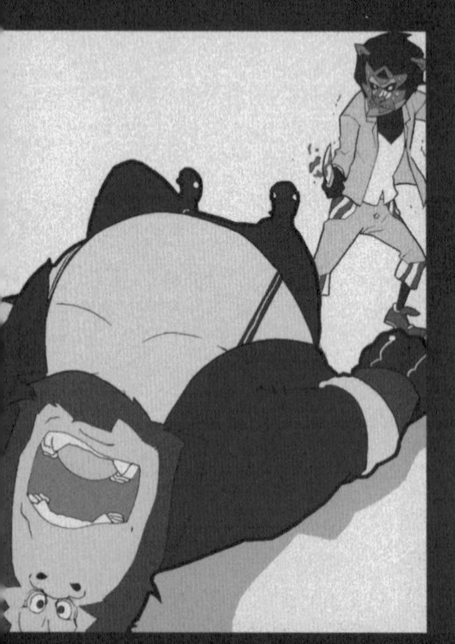

像的下落，準備找到後就逐一砸碎檢查，取回珍珠。

可惜，他率先砸碎的三個石膏像都沒有黑珍珠。當他在哈克先生那裏找到第四個塑像時，卻想不到凡紐奇家族的**殺手**已追蹤而至，於是就先下手殺了對方。在兇案現場遺下的那把刀，就是**殺人兇器**。

不過，比狒的運氣實在太差了，六個塑像中的四個給他砸碎了，卻仍找不到黑珍珠。事到如今，他不可能放棄，就算冒險，也得找出餘下那兩個塑像。

於是，他從近處着手，先到布朗遊樂場找出第五個塑像，如果還找不到黑珍珠的話，就去較遠的雷丁，潛入桑德福家偷取最後一個塑像。

但他萬萬沒想到，會在布朗遊樂場遇上了我們，結果只能束手就擒了。

福爾摩斯一口氣說完，若無其事地順手把黑珍珠放進自己口袋中，說：「好了，已破案了，是時候送客啦。」

李大猩從沙發中霍地站起來，對福爾摩斯說：「哼！好厲害！我輸得心服口服。不過，等着瞧吧，總有一天我會贏你的。」從李大猩那悻悻然的樣子中，任誰也看得出，他其實是輸得並不服氣的。

狐格森則聳聳肩，對輸贏毫不介意似的跟着李大猩離去。

走到門口，李大猩忽然歪一歪腦袋，自言自語地問：「唔……好像忘了什麼？*究竟是什麼呢？」

華生和福爾摩斯面面相覷，假裝糊塗地反問：「什麼呢？」

*各位讀者，你們又知道李大猩忘了什麼嗎？

意外的真相

不久，比狒因為殺人罪被判**死刑**。福爾摩斯以為事情已告一段落，豈料死刑執行一星期後……

「福爾摩斯先生！**有信到！**」小兔子像往常那樣撞開大門衝進來，把正在喝咖啡的華生嚇了一跳，幾乎連咖啡杯也打翻了。

「你怎麼不敲門，總是要衝進來？」福爾摩斯斜眼望向小兔子，沒好氣地說，「對了，為什麼這幾天總是你送信來的？難道郵差都罷工了？」

「嘻嘻嘻，剛才在樓下看見郵差叔叔，我代你收信而已。」說着，小兔子把一張明信片遞上。

華生好奇地湊過來，看到明信片上的風景說：「唔？看來是意大利的明信片呢。」

「你越來越眼利了，有資格當私家偵探呢。」福爾摩斯不知是讚賞還是挖苦，開玩笑地說。但翻開明信片一看，臉色霎時凝重起來，然後還深深地歎了一口氣，把明信片交給了華生。

「怎麼了？」華生接過一看，只見明信片上

只寫着一句說話。

Thank you for the revenge for my brother.

（謝謝你為家兄報了仇。）

「這是什麼意思？」華生感到莫名其妙。

「看看明信片後面的郵戳吧，是意大利那不勒斯寄來的。看那字跡，應該是女人寫的。」福爾摩斯說。

「那又怎樣？」華生依然不明所以。

福爾摩斯沒有回答，但在他的腦海中，已

浮現出一幅悲悽的景象——一個憂傷的女人托着腮子，茫然地看着那不勒斯迷人的景色，想着她兩個相繼死去的至親。一個是她曾經深愛的**男人**；一個是她的**哥哥**＊。

她就是那半張照片的另一半，名叫**露petty**

＊各位讀者，大家已知道她的哥哥是誰吧？還不知道嗎？翻去p.115找找看吧。

Bo!

3
2
1
Go!!
good!!
BOOM
小兔子自製遊樂場之章

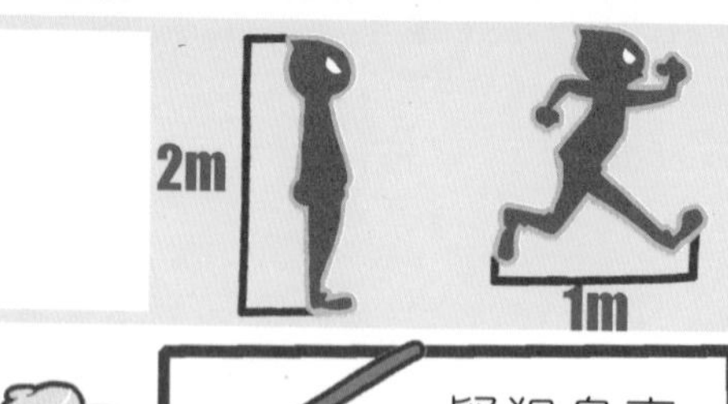

疑犯身高2米（6呎半），每跑1步約1米，我聽着他的奔跑聲，知道他跑了22步才停下來，以距離計，就可算出他跑到距離砸爛塑像地點25米的轉轉杯了。

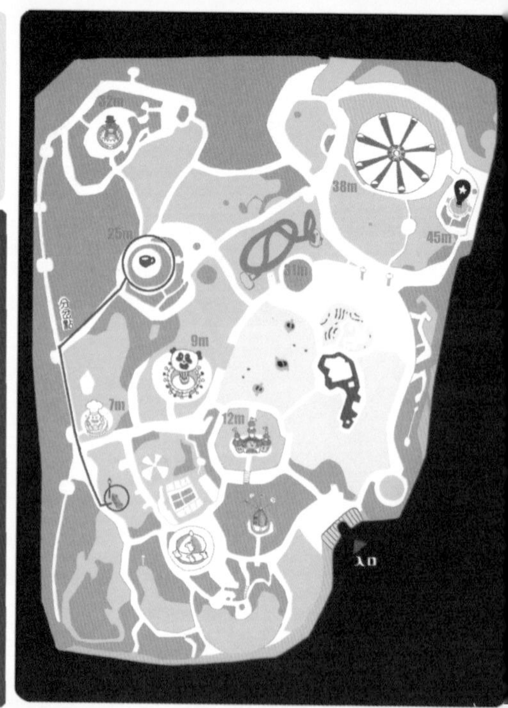

大家沒察覺嗎？只有一個杯子的「耳朵」位置與其他杯子不同啊，那是因為疑犯跨進杯中時移動了杯子，所以我一看就看出來了。

福爾摩斯科學小魔術

透明的冰杯

犯人利用石膏像來收藏珍珠，實在有點意外。
那個鑄模，令我想起可以利用發泡膠造的杯子當作鑄模，自製透明冰雕呢。

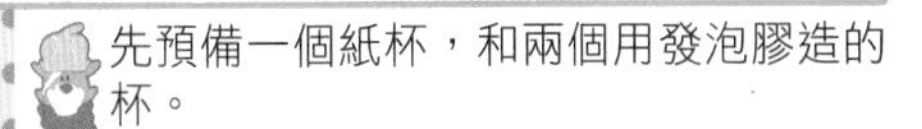
先預備一個紙杯，和兩個用發泡膠造的杯。

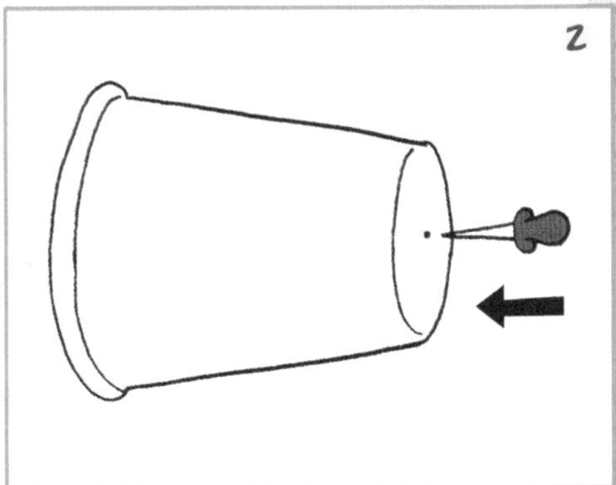

然後，用圖釘或尖銳的工具在其中一個發泡膠杯的底部刺個小孔。記住不必刺得太大啊。

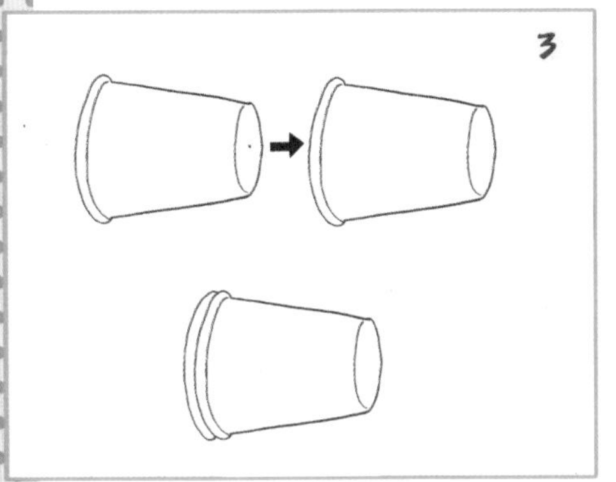

接着，把有孔的發泡膠杯放進沒孔的發泡膠杯裏。記住要緊貼兩個杯子，把它們之間的空氣完全擠出來。

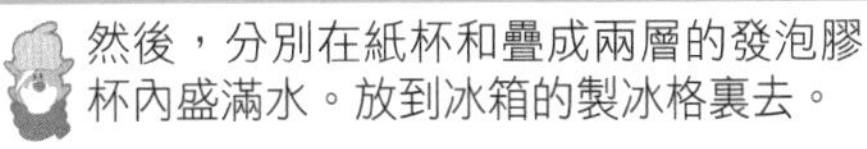
然後，分別在紙杯和疊成兩層的發泡膠杯內盛滿水。放到冰箱的製冰格裏去。

一天後，把兩個杯的冰塊倒出來。紙杯的冰塊是白色的，但發泡膠杯的冰塊卻是透明的。

科學解謎　你知道發泡膠杯的冰塊為什麼變成透明嗎？

因為發泡膠有較強的隔溫（隔熱及隔冷）功能，多用於製造即用即棄的水杯、飯盒及盛載杯麵的杯子等等。

我就是利用它這個隔溫的特性，製作出透明冰塊的。

雙層的發泡膠杯比單層的有更強的隔冷功能，製冰格內的溫度只能由上而下地凍結發泡膠杯內的水，結成的冰塊透明度就特別高。反之，紙杯的隔冷功能低，製冰格內的溫度是四方八面地凍結紙杯內的水，水裏所含的空氣較多，令冰塊看起來就不太透明了。

再知多一點

那麼，為什麼發泡膠有這麼強的隔熱功能呢？

原來製造發泡膠的材料是泡沫聚苯乙烯（在苯乙烯中加入發泡劑製成），它當中包含了很多空氣，氣體的分子密度低，分子的數目少，遇熱時分子之間比較難互相碰撞磨擦，故傳熱性也不高。

這個原理對小學生來說較複雜難明，想多了解的話，就問問老師或家長吧！

原著／柯南・道爾
（本書根據柯南・道爾之《The Six Napoleons》改編而成。）
改編&監製／厲河　　　繪畫&構圖編排／余遠鍠
封面設計／陳沃龍　　內文設計／麥國龍　　編輯／蘇慧怡

出版
匯識教育有限公司
香港柴灣祥利街9號祥利工業大廈2樓A室

承印
天虹印刷有限公司
香港九龍新蒲崗大有街26-28號3-4樓

發行
同德書報有限公司
九龍官塘大業街34號楊耀松（第五）工業大廈地下
電話：(852)3551 3388　傳真：(852)3551 3300

第一次印刷發行　2011年7月
第十二次印刷發行　2019年9月

ISBN:978-988-77860-2-3
港幣定價 HK$60
台幣定價 NT$270

1 追兇20年

福爾摩斯根據兇手留下的血字、煙灰和鞋印等蛛絲馬跡，智破空屋命案！

2 四個神秘的簽名

一張「四個簽名」的神秘字條，令福爾摩斯和華生陷於最兇險的境地！

3 肥鵝與藍寶石

失竊藍寶石竟與一隻肥鵝有關？福爾摩斯略施小計，讓盜寶賊無所遁形！

4 花斑帶奇案

花斑帶和口哨聲竟然都隱藏殺機？福爾摩斯深夜出動，力敵智能犯！

5 銀星神駒失蹤案

名駒失蹤，練馬師被殺，福爾摩斯找出兇手卻不能拘捕，原因何在？

6 乞丐與紳士

紳士離奇失蹤，乞丐涉嫌殺人，身份懸殊的兩人如何扯上關係？

7 六個拿破崙

狂徒破壞拿破崙塑像並引發命案，其目的何在？福爾摩斯深入調查，發現當中另有驚人秘密！

8 驚天大劫案

當鋪老闆誤墮神秘同盟會騙局，大偵探明查暗訪破解案中案！

9 密函失竊案

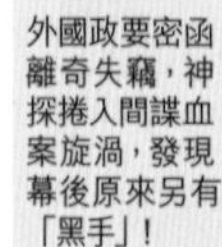

外國政要密函離奇失竊，神探捲入間諜血案旋渦，發現幕後原來另有「黑手」！

10 自行車怪客

美女被自行車怪客跟蹤，後來更在荒僻小徑上人間蒸發，福爾摩斯如何救人？

11 魂斷雷神橋

富豪之妻被殺，家庭教師受嫌，大偵探破解謎團，卻墮入兇手設下的陷阱？

12 智救李大猩

李大猩和小兔子被擄，福爾摩斯如何營救？三個短篇各自各精彩！

13 吸血鬼之謎

古墓發生離奇命案，女嬰頸上傷口引發吸血殭屍復活恐慌，真相究竟是……？

14 縱火犯與女巫

縱火犯作惡、女巫妖言惑眾、愛麗絲妙計慶生日，三個短篇大放異彩！

15 近視眼殺人兇手

大好青年死於教授書房，一副金絲眼鏡竟然暴露兇手神秘身份？

16 奪命的結晶

一個麵包、一堆數字、一杯咖啡，帶出三個案情峰迴路轉的短篇故事！

17 史上最強的女敵手

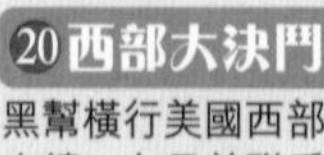

為了一張相片，怪盜羅蘋、美艷歌手和蒙面國王競相爭奪，箇中有何秘密？

18 逃獄大追捕

騙子馬奇逃獄，福爾摩斯識破其巧妙的越獄方法，並攀越雪山展開大追捕！

19 瀕死的大偵探

黑死病肆虐倫敦，大偵探也不幸染病，但病菌殺人的背後竟隱藏着可怕的內情！

20 西部大決鬥

黑幫橫行美國西部小鎮，七兄弟聯手對抗卻誤墮敵人陷阱，神秘槍客出手相助引發大決鬥！

21 蜜蜂謀殺案

蜜蜂突然集體斃命，死因何在？空中懸頭，是魔術還是不祥預兆？兩宗奇案挑戰福爾摩斯推理極限！

22 連環失蹤大探案

退役軍人和私家偵探連環失蹤，福爾摩斯出手調查，揭開兩宗環環相扣的大失蹤之謎！

23 幽靈的哭泣

老富豪被殺，地上留下血字「phantom cry」（幽靈哭泣），究竟有何所指？

24 女明星謀殺案

英國著名女星連人帶車墮崖身亡，是交通意外還是血腥謀殺？美麗的佈景背後竟隱藏殺機！